CHANSON

SUR LE MARIAGE
DE MONSEIGNEUR
LE DAUPHIN.

A VIENNE;

Et se trouve d PARIS,

Chez LE JAY, Libraire, rue S, Jacques, au Grand Corneille

1770.

Autre

Par un malade de l'hôtel Dieu

air, Il étoit une fillette.

Mes pauvres camarades
il faut plus pleurer faier
Le Dauphin va se marier
il faut plus être malade;
aye! aye! j'ay beaucoup souffert
il faut se réjouir....ir.

Monseigneur de Sartines
En jérit par un édit
de s'divertir sans contredit
à cause d'la Dauphine
Rions donc sur le champ
sans joye et sans argent....ent.

Laissons là les Clystères
La tisanne et les eaux
pour du vin qui coût' à douz'sols
on jeta du ciel en terre
pains, boudins, oiseaux
Et des Effets Royaux....aux.

Nous et aurons la foire
ah ah sur nos remparts
qui brilleront de toutes parts
La fraîche à qui veut boire.
Nicolets amusants
Comptoirs de Commerçants...ants.

Partant qu'à des Lumieres
partout gratuitement
des Lantern' du gouvernement
Surté, police entiere
si quelqu'un fait du tort
Roquemont n'est pas mort...

J'en bien peine à Versailles
qu'La Dauphine ou attend
si tost ou la bb oisera tant;
Dieu sait les Epousailles
Et Comme son mary
Luy fera faire un Cri....

Que sans cesse qu'la Vienne
Race de Vrais Bourbons
toujours prouvés vrais f fl sou
les Bondieu Les maintienne
d'Vupres de L'autre vrais
Et Loin des faux amis.... i

faut Voir Les Bob des Don
Sur home ou a mis
qu'il trois tout le tresor qu'il n'a
deux hommes brodés en Las
prael froit encor
au mesme deux cent veaux d'or

Respectons vos filles
En faisant D'Dame d'honneur
qui plait Beaucoup a son Seigneur
n'étant pas D'La famille
et ... nous aura pas
par un table a l'écart... ar

Quand gens que La faim devore
qui y a des pillards,
qui nous prennent tous par milliards
Le Roy peut croix L'Ignore
dans tout cet alentour
il seroit notre amour.... our.

– n'en fisons pas moins Bombance
mangeons tout aujourd'hui
si Crédit meurt tant-pis pour Luy
a au manier des finances
Chantant Le delibera
Gay L'Enterrera.... a.

Chantons fete ... calage
souffrant pas qu'à L'Eprit
prouvons que nous sommes françois
Et un dans Les Esphages
Le hacque pour mourir
Il faut se réjouir.... ir.

CHANSON
SUR LE MARIAGE
DE
MONSEIGNEUR
LE DAUPHIN.

AIR: *Des Feuillantines.*

UN bon Français, sans argent,
    Doit pourtant
Faire éclater, dans son chant,
Les vifs transports de son ame
Sur le DAUPHIN & sa Femme,

Ce font de jeunes Epoux
    Dont les goûts,
Seront fructueux pour nous,
En procurant l'abondance,
Et des BOURBONS chers en France.

A ij

L'un & l'autre est, grace à Dieu,
De bon lieu,
Et d'un âge où l'on prend feu;
Il est aimable, elle est belle,
L'on mettra tout par écuelle.

L'Allemand & le François,
Autrefois,
S'entretuoient pour leurs Rois;
Se battre est chose exécrable;
Se baiser est plus aimable.

Le François & l'Allemand,
Bien content,
Boiront ensemble souvent;
Ils vont s'imposer la regle
D'accoupler les Lys & l'Aigle.

Sur cet Hymen précieux,
Tous les Dieux
Et les Mortels ont les yeux;
Le Parnasse entier apprête
De bons Couplets pour la Fête.

Le Prevôt, les Quartiniers,
Les premiers
Abreuveront leurs quartiers,
Et chacun fera sa charge
En beau rabat long & large.

Les Echevins de Paris
    Bien nourris,
Seront noblement garnis
D'habits de cérémonies,
Et de Robes mi-parties.

Des feux variés & clairs,
    Dans les airs,
Feront comme des éclairs;
Nous aurons un tems propice
Pour les Soleils d'artifice.

Pour animer le grand jour
    Où l'amour
Doit triompher à la Cour;
Nous ferons dans des boutiques
Bals & Festins magnifiques.

Tout le long des boulevards
    Les petards
S'entendront de toutes parts;
L'on verra clair dans les nues,
Et des foules plein les rues.

Des minois aussi jolis
    Que polis,
Nous agaceront *gratis*;
L'on sentira l'avantage
D'une Police bien sage.

Les Filles & les Garçons,
Bons lurons,
Diront de bonnes chanfons;
Si les Meres de Familles
Ont des Poulettes gentilles.

Les objets les plus charmans,
Sur des bancs
'Amuferont les paffans,
Et d'autres feront à l'ombre
Dans des caroffes fans nombre.

Les arbres en guéridons,
Les balcons
Seront chargés de lampions;
Par-tout le bon goût décide,
C'eft un Bignon qui préfide.

A la Ville l'on fera
Grand gala,
Le bon vin y coulera
L'on y verra l'abondance,
Et de Gueultons d'importance.

L'on verra des feux nouveaux
Sur les eaux,
L'on rira dans des batteaux;
La Seine fera ravie
Qu'on la mette au bain-marie.

L'on fera des échaffauts
Grands & hauts,
Pour empêcher que les flots
Ne lavent avec licence,
Bien des curieux de France.

Les dorures, les lambris,
Les vernis
Peindront à nos yeux surpris
La Ville de Paris même,
Et des Vaisseaux pour emblême.

L'on pourra tout aller voir
Sur le soir,
Sans craindre le pot-au-noir;
Nous aurons dans la mêlée,
Quelque perruque brûlée.

L'on verra les habitans
Tous fringans,
S'ébaudissant en pleins vents
Danser, quelque tems qu'il fasse,
Dans les bouts de chaque Place.

A la Grève, avec grands frais,
Sur les Quays,
Sur les remparts bien refaits,
A grand force l'on s'apprête:
Que d'annonces pour la Fête!

L'on mettra fur des tréteaux
Des tonneaux,
Des cervelats, des gigots;
L'on aura du vin de Beaune
Et des boudins longs d'une aulne

Les cris, les tranports divers
Les Concerts
Feront retentir les airs;
D'argent nous ferons recette
Si le Gouverneur en jette.

Les Spectacles laids ou beaux
Font aux Sots
Tenir de mauvais propos.
Le Citoyen laiffe dire
Les plats boufons fans en rire.

Par Joachim DUCREUX, Magiſter de Troiſſeret
près Beauvais.

FIN.